코로만 숨쉬기

코로만 숨쉬기

김대성

갓긴

지은이 소개

김대성

비평가. 부산에서 나고 자랐다. 지금은 장림에서 살림하며 1인 출판사
〈곳간〉을 꾸린다.

대학과 문단 안에 머무르지 않고 제도 바깥으로 나와서 2013년부터
지금까지 매달 〈문학의 곳간〉이란 모임을 열고 있다. 2015년부터 글쓰기
모임을 꾸리며 『문이야 무늬야』(촉, 2016)와 『살림문학』(곳간, 2024)을 함께
썼다. 이런 궤적을 따라 비평집 『무한한 하나』(산지니, 2016)와 『대피소의
문학』(갈무리, 2019)을 펴냈다.

2020년 생활복싱대회에서 같은 체육관 코치를 이기고 우승한 뒤로 권투를
그만 두었다. 일주일에 한 번 장림–다대포해수욕장–장림시장 둘레 11km를
코로만 숨 쉬면서 달린다.

smellsound@empas.com

차례

들어가는 글

누비다

: 달리기와 글쓰기

손수 지어 먹는 밥이 그 어떤 음식보다 맛있는 것처럼 내가 사는
동네를 달리는 게 가장 즐겁다. 어제 먹었던 것과 똑같은 밥과
반찬이지만 오늘도 즐거운 마음으로 손수 지어 먹기에 변함없이
맛있다. 장림에서부터 다대포 해수욕장을 거쳐 장림 포구를 끼고
돌아 장림 시장을 가로지르면 11km 정도가 된다. 일주일에
한 번, 때론 두 번, 어떨 땐 보름 만에 달리는 경우도 있지만
대체로 달리는 코스는 같다. 같은 동네를 달리지만 달리는
동안은 언제나 다른 길이자, 다른 몸이 된다. 길은 날씨에 따라,
계절에 따라, 시간에 따라, 오가는 사람들에 따라 다르다. 몸은
컨디션에 따라, 기분에 따라, 순간순간 떠오르는 생각과 느낌에
따라 다르다. 같은 자리에서 같은 일을 되풀이하는 동안 누리는
기쁨과 즐거움이 있다.

　　달리기는 길 위에 몸으로 쓰는 글이다. 내 몸은 골목과
골목을 누비며 구겨지고 접힌 길을 펼친다. 길을 펼치는 동안
몸도 함께 펼쳐진다. 그러니 이렇게도 말할 수 있다. 달리기는
몸 위에 길이 쓰는 글이다. 쉼 없이 내딛는 발은 잠든 길을 깨워

흐르게 한다. 달리다 보면 몸이 저절로 나아간다는 느낌을
받을 때가 있는데, 그건 길이 흐르기 때문이다. 두 발이 바퀴가
된 것처럼 부드럽게 굴러가고 가끔은 누군가 뒤에서 엉덩이를
받쳐주거나 겨드랑이를 잡아서 살짝 들어준다는 느낌을 받을
때도 있다. 그럴 땐 두 팔을 날개처럼 활짝 벌리고서 달린다.

조각 천을 바늘로 누벼 넉넉한 보자기를 만드는 것처럼
달리는 몸은 실을 꿴 바늘이 되어 동네를 골골샅샅 누비며quilt/
go around 커다란 보자기를 만든다. 달리기는 그 보자인 안에
무언가를 담는 일이기도 한데, 달린 뒤에 그 보자기를 풀어놓으면
그게 바로 달리며 쓴 글이 되는 셈이다. 거기엔 글자가 없기에
다르게 읽어야 한다. 달리고 있기에 보이고, 달리기에 느낄 수
있는 것이 있다. 그건 글로 옮길 수 없기에 다르게 써야 한다.
오랫동안 나는 그걸 읽고 쓰려고 애썼다. 다르게 읽고, 다르게
쓰려고 했지만 읽지 못하고 쓰지 못한 게 한참 많다. 그래서 또,
다시 달리고 싶다. 달리며 본 것들을, 달리며 모은 것들을 읽고
싶고, 옮겨 쓰고 싶다.

더 빨리, 더 멀리 달리고자 하면 제대로 읽거나 쓸 수 없다. 무엇보다 몸을 다칠 위험이 커지기 때문에 온 신경을 몸에만 쏟아야 한다. 그렇게 되면 달리기에서 무언가를 읽고, 또 무언가를 쓸 틈을 가질 수 없다. 여느 때와 다름없이 동네를 달리다가 코로만 숨 쉬며 달린다면 읽기와 쓰기가 가능하다는 걸 알게 되었다. '코로만 숨쉬기'란 몸을 바탕으로 살림을 꾸리는 작은 원칙이자 삶을 대하는 태도에 가깝다. 숨이 가쁠 정도로 서두르지 않는 걸 바탕으로 하는 코로만 숨쉬기는 몸과 마음을 지치지 않게 돌보는 일이며, 과한 의욕을 부리거나 간절하게 매달리지 않는 일이기도 하다. 나에게도 타인에게도, 코로만 숨 쉬며 나아가고 다가간다면 지치지 않고 늘 즐겁게 펼칠 수 있을 거라 여긴다.

2025. 11. 20

01

부서지기  쉬운

'후배'라는 말을 해본 적이 거의 없다. '선배'라고 부를 수
있어도 '후배'라 부르진 못한다. 선배와 후배는 붙어 있지만
부르며 다가가는 일과 귀 기울이며 품는 일은 까마득할 정도로
멀다. 그이가 선배라 불러주어야 고개를 들어 겨우 바라볼 수
있다. 선생과 제자라는 말도 그러한데, 15년 넘게 대학에서 강의해
왔지만, 누구를 일러 '제자'라 불러본 적이 없다. 더러 스스로 내
제자라 칭한 이들은 있었지만 자길 봐주길 바라는 마음이었거나
잠시나마 소속감을 느껴보려는 바람 때문이지 않았을까 싶다.
살갑게 제자로 대하지 않는 서늘함에 몸서리치며 등을 돌린 이도
있었을 테다. 선배 한 명, 선생 한 명, 단출한 관계 살림 안에도
나를 '선배'로 여기는 이가 있다.

오디오 세트를 거실에서 서재로 옮긴 후 아침마다 먼지를
털며 CD를 한 장씩 들어본다. 대학 다닐 때 함께 밴드를 했던
후배가 만날 때마다 챙겨준 CD가 여러 장인데, 그 가운데
하나류이치 사카모토를 듣다가 생각이 나 안부 문자를 넣었더니
근처에 있으니 얼굴을 보러 오겠다고 한다. 오늘 밤엔 달리러
나가야겠다 마음먹었던 참이라 집 앞에서 만나 한 시간 동안
수다를 떨었다. 오늘도 CD 한 장을 챙겨왔다. 지인이 앨범을 내면
여러 장 사두었다가 또 다른 지인에게 선물하는 이다. 그렇게
곳간 책이 나올 때마다 여러 권 사주며 응원해 왔다. 퇴직, 창업,
'성덕' 생활, 내일 미국행으로 이어지는 수다를 떤 뒤 선물 받은
CD를 아파트 앞 풀숲에 감춰두고 달릴 채비를 했다.

오랜만에 장림 다대포 해수욕장 장림포구 장림시장 장림을 가로지르며 달렸다. 묶어야 하는 책과 써야 하는 글을 드문드문 떠올리며 곳곳을 누볐다. 날이 선선해졌음에도 땀이 꽤 나기에 몸이 축 나 있다는 걸 알아차리고 몸과 마음을 조금 더 살뜰하게 대하고 찬물 목욕도 더 오래 해야겠다 마음먹었다. 며칠 뻐근했던 목덜미가 달리는 동안 여러 신호를 보낸다. '타닥타닥' 바닥을 내딛는 발돋움은 '토닥토닥' 몸과 마음을 달래는 손길과 이어진다. 달리기는 오디오 이퀄라이저equalizer를 만지듯 몸과 마음에 귀를 기울이며 미세하게 조절하는 시간이기도 하다. 한쪽으로 기울어지지 않고, 몸통을 바로 세우고, 길을 따라 몸과 마음도 긴 선처럼 늘려서 팽팽하게 당기며 펼쳐본다. 악기를 조율하는 것처럼 하나하나 눌러보고 건드려보고 두드려보기. 몸과 마음이 내는 음音을 들으며 달린다.

장림포구에 들어서며 달리는 속도를 조금 올렸다. 바닷길이 끝나고 공단을 지나 주택가로 들어서는 길목이기에 힘을 더 내야 한다. 길게 늘어선 작은 가게 가운데 아직 퇴근하지 않고 작업 중인 곳이 있었다. 그 옆을 달리다가 무언가에 걸려 철퍼덕 넘어졌다. 오른팔을 쭉 뻗어 충격을 받아냈기에 크게 다치진 않았지만 팔꿈치와 무릎이 바닥에 쓸렸고 넘어지는 몸을 받아낸 오른쪽 어깨가 뻐근하다. 금세 일어서서 놀란 몸을 진정시켜 본다. 뒤를 돌아보니 바닥에 깔아둔 천에 발이 걸린 듯하다. 단지 무언가에 걸렸을 뿐인데, 달리다가 한 번 넘어졌을 뿐인데 이토록

몸이 쉽게 무너진다는 게, 몸과 마음이 철렁하고 내려앉으며
부서지기 쉽다는 게 새삼 믿기지 않는다.

　　7년 전 권투 체육관을 다닐 적에 링 위에서 상대 주먹을
받아내는 동안 온몸이 딱딱하게 얼어붙었던 순간도 꼭 이랬다.
손에서 그릇이 미끄러져 바닥에 떨어지며 산산조각이 났을
때, 누군가로부터 이별을 통보받았을 때도 이렇게 몸과 마음이
철렁하고 내려앉았다. 몸을 추스르고 다시 달리며 생각해 본다.
길게 늘어놓았던 선은 팽팽하기에 얼마나 끊어지기 쉬운가,
마음껏 펼쳐두었던 몸과 마음은 펼쳐둔 만큼 얼마나 찢기기
쉬운가. 차라리 이렇게 말해야 할 거 같다. 깨지고 나서야
드러나는 진실이 있다고, 부서지면서 알게 되는 것이 있다고.

　　깨진 와인잔과 깨지지 않은 와인잔이 같은 칸에서
달그락거린다. 달리는 동안 더 단단해지는 몸과 팽팽하게 당겨져
언제라도 부서지거나 찢어질 수 있는 몸이 함께인 것처럼.
누군가에게 마음을 여는 것도, 가까이 다가가는 것도 그와
다르지 않다. 소중한 것일수록 부서지기 쉽기 때문이다. 여느
때처럼 11km를 조금 넘게 달렸는데 애플워치에 기록이 되지
않았다.

2025. 9. 12

16

02

되풀이,   뒤풀이,

달리기

오후 5시가 되면 슬슬 배가 고파진다. 올 봄엔 새삼 이 배고픔이 참으로 반갑고 또 놀랍게 여겨졌다. 집으로 가는 걸음처럼 익숙한 배고픔엔 생선을 굽고 국을 끓이고 밥을 지어서 먹어야겠다는 생각이 뒤따른다. 어렸을 적에 바깥에서 놀다가 배가 고프면 엄마가 지어주신 저녁을 떠올리는 것처럼—일터에서 돌아온 아버지와 함께 먹는 저녁 밥상엔 늘 맛난 반찬이 하나씩은 있었다— 내가 짓는 밥과 배고픔이 이어져 있다는 걸 비로소 알아차린다. 배가 고프면 밥을 지어 먹으면 된다. 내 몸을 보살피고 맛도 좋은 밥과 반찬, 먹고 나면 든든하고 속도 편한 끼니를 뚝딱 차려서 즐겁게 먹으면 된다. 배가 고프다는 것과 손수 짓는 밥이 이토록 단단하게 이어져 있다는 걸 알아차리기에 잊지 않고 찾아오는 배고픔이 반갑고 또 놀라운 것이다.

일주일에 한 번, 틈이 없을 땐 보름에 한 번꼴로 10km 정도를 달리는데, 늘 같은 곳을 달린다. 골목 여기저기를 살피며 새 길을 찾아보거나 이 길과 저 길을 잇는 재미도 적지 않지만 낯선 길을 누비며 새 길을 내는 일보다 같은 길을 새롭게 느끼며 달리는 게 더 즐겁다. 장림에서부터 다대포 해수욕장 입구까지, 걷는 이가 거의 없는 한적한 길을 지나 강과 바다가 맞닿은 해변을 옆에 끼고 한참을 달리면 장림포구가 나온다. 장림포구 안쪽을 가로질러 장림시장 뒷길로 들어서면 "방문을 담벼락으로 삼고 사는"—손택수, 「범일동 블루스」— 이들로 가득한 주택가가 이어진다. 장림시장과 이어진 주택가라 매축지 근처 범일동과 똑같다고 하긴 어렵지만 1999년에 함께 만들었던 독립영화, 〈범일동 블루스〉의 주요 공간이었던 조방 앞 범일동, 어느 골목과 너무 닮아서 처음 여길 달렸을 때 흠칫 놀라기도 했다. 이 좁은 골목을 지나 가공식품 공장이 모인 어두운 길을 벗어나 집으로 가는 길목에 이르면 11km 정도가 된다. 땀을 흘리지 않을 정도로, 코로만 숨 쉬며 달리기. 달리는 몸과 마음을 살피는 데 이 한 문장이면 충분하다.

　늘 달렸던 길을 오늘도 달리며 생각해 본다. 되풀이하기에 대해서. 고만고만한 일을 반복하고 있는 건 아닐까. 트레드밀 Treadmill을 달리는 것처럼 요란한 소리를 내며 애를 쓰고 있지만 실은 제자리걸음을 하는 건 아닐까. 경기장시합에 나가지 못하고 운동장연습만 맴도는 건 아닐까. 늘 하던 걸 그냥 하는 관성에 젖어 중단하지 못하고 반복하고 있는 건 아닐까. 이 되풀이가 누군가에겐 지루하고 성가신 잔소리 같은 게 아닐까. 달리는 동안 멈추는 일이 없기에 생각은 계속 이어진다. 아냐, 되풀이한다는 건 다지는 일이야. 단단하게, 누구라도 마음 놓고 디딜 수 있게 온몸으로, 온 맘을 다해 터를 꾸리는 일이야. 그래, 되풀이한다는 건 일군다는 거야. 파도가 이는 것처럼, 안에서부터 일어난 마음을 또 다른 마음과 이어서 작은 물결을 일으키고 처진 몸과 마음을 일으켜서 저마다 닿고자 하는 곳에 이를 수 있도록 이바지하는 일이야.

해도 그만이고 하지 않아도 그만인 일에 둘러싸여 마치 덫에
걸린 것처럼 발버둥 친다 느껴질 때도 있지만 나는 담담하게
덫을 덤이라 고쳐 쓴다. 그렇게 고쳐 쓰면서 덧붙이고, 더하는
것이 되풀이와 만나 다지고 일구는 일로 이어질 수 있기를
바란다. 이 되풀이를 짐을 짊어지는 일이 아닌 **집**을 **짓는** 일이라
여기고 싶다. 오늘은 늘 달리던 길을 넘어서 하단 하굿둑
너머까지 흘러간다. 나로 가득한 길 위에서 문득 너를 떠올린다.
나와 마주한 너는 어떤 마음일까. **덫**과 **덤** 사이, **짐**과 **집** 사이에서
무엇을 고쳐 쓰고 있을까.

　　둘이서 할 수 있는 즐거운 일 가운데 하나가 걸으며 이야기
나누는 일이고 멋진 일 가운데 하나가 함께 다른 사람을 부르는
일이라 생각해 왔다. 나I, 1와 너You, 2가 만나 우리 사이에 그이
Others, 3 자리를 마련하는 일. 나는 늘 너와 이야기 나누는 게
즐겁다. 나를 내어놓고 너가 들려주는 이야기에 몸과 마음을
기울이다 보면 먼 곳을 돌아 우리가 이렇게 마주하고 있다는
게 놀랍고 기쁘다. 어쩌면 더 가까워지는 일만 남은 듯한 나와
너 사이에도 '코로만 숨쉬기'가 필요하다는 걸 느낀다. 더
천천히 말하고하고 싶은 말을 다 하지 않고, 지치지 않고 오래 이야기
나누려면 기대지 않고날 붙들어줘!, 고백하지 않고너만은 알아줘!,
원망하지 않고너 때문이야! 이야기를 이을 수 있어야 한다. 그건
우리 사이에 틈자리을 내어놓는 일과 다르지 않은데, 그 틈으로
새사이 이야기가 깃든다. 그이others, 3가 새이야기를 들려줄 때

모임은 되풀이를 이을 수 있는 쉼터대피소가 된다.

　부산이라는 도시에서 작은 모임을 꾸리는 동안 만났던 이들 가운데, 발걸음이 끊긴 이들이 여럿이다. 아이를 낳고 더 이상 모임에 오지 않는아마도 올 수 없게 된 이들도 있고, 일터를 옮겨 다른 도시로 떠났기에 헤어진 이들도 있다. 어쩌면 이런 일 때문이 아니라 이제 그만 만나야겠다는 마음이 일었기 때문일 수도 있다. 가끔 이들을 떠올릴 때도 있지만 그리워하진 않는다. 혹여나 다시 모임에 발걸음하면 활짝 웃으며 반갑게 맞이하고 싶다는 마음만 있을 뿐이다. 〈책-살림-쓰기〉 두 번째 자리를 열고 밤 11시가 넘도록 세 사람이 이야기를 나누었다. '아, 이 시간은 다시 오지 않겠지'를 예감하며 아늑하게 누렸던 그때를 떠올리며 낙동강 하굿둑을 넘어 계속 달렸다.

2025. 5. 18

부르는 춤

늦은 첫 끼 탓인지 저녁 무렵 까무룩 잠이 들었다. 꿈꾸는 날이
거의 없어 깊게 잠드는 편이라 믿고 있지만 5시간 정도면 잠에서
깨어나니 늘 잠이 부족하다. 그래서 잠이 오면 마다하지 않는다.
이렇게라도 모자란 잠을 채워야겠다 마음먹었기 때문이다.
흐릿하게 빗소리가 들려 창밖을 보니 안개가 자욱하다. 10시를
지나고 있으니 두어 시간 잔셈인데, 아파트 옆 동 모습이 보이지
않을 정도로 자욱한 안개를 바라보다가 알아차렸다. 봄이다.
문밖에서 누군가 내 이름을 부르는 듯해 이끌리듯 홀린 듯 달릴
채비를 갖춘다.

안개로 가득한 다대포 바닷가를 달린다. 습도가 높고 날이
많이 따뜻해진 탓인지, 어쩌면 저녁을 거른 탓인지 다른 날과는
다르게 땀이 찬다. 이럴 때일수록 더 천천히 달려야겠다 싶어
발걸음을 조금 늦추니 안개와 발맞추어 달리는 느낌이다. 요즘
눈이 점점 나빠지고 있어 가까운 건 잘 보이지만 먼 것은 뿌옇게
보였는데, 오늘은 안개 때문에 둘레가 온통 뿌연 탓에 먼 것도
가까운 것도 매한가지로 뚜렷하다.

오늘은 '부르다'란 낱말을 머금고 달렸다. 안개가 나를
불러서 나왔기 때문이다. 지위나 나이를 가리지 않고 늘 부름에
이끌렸고 잘 답하려고 애쓴 탓에 그 무엇도 제대로 부르지
못했구나 싶었는데, 새삼 '부르다'라는 움직씨가 품은 뜻이 여러
갈래라는 걸 알아차린다. 기도는 조용히 신을 부르는 일인데,
그건 자신을 낮추며 신에게 다가가려는 몸짓이기도 하다. 노래는
마음을 목소리에 담아 가락을 읊는 일이면서 동시에 가락에

목소리마음를 앉히는 일이기도 하다. 누군가가 나를 부르기에 응답했다고 여겼는데, 그쪽으로 다가가기 위해 부르는구나 싶다. 부르고 응답한다는 건 서로를 알아본 이들이 맞닿으려 이쪽과 저쪽에서 움직이는 걸 가리키는 말이구나. 부름은 이쪽으로 오라는 말이면서 그쪽으로 가겠다는 말이기도 하구나. 그러니 오늘, 이 밤마실은 안개에 이끌려 나온 발걸음이면서 안개에 다가가려는 발돋움인 셈이다.

부르고 싶다. 어떤 이름을, 어떤 노래를, 어떤 낱말을. 달리기는 몸으로 부르며 어딘가에 닿고자 하는 일이다. 입을 다물고 코로만 숨쉬며 달리지만 온몸으로 부르며 나아가는 몸짓이다. 달리기가 이토록 벅차고 기쁜 까닭은 온몸으로 부르는 일이기 때문이구나. 부르는 춤이구나, 달리기는. 춤을 추며 안개 속을 누비며 나아간다. 춤추며 다가간다.

2025. 3. 1

지나가다

작업실에 가지 않은 날이면 서재에 앉아 창밖에 쏟아지는 볕을 바라본다. 건너편, 들어갈 수 없는 화목한 집안을 들여다보는 것처럼. 종알종알 이야기가 끊이지 않는 집, 티격태격 작은 부대낌 사이로 웃음이 흐르는 집. 언젠가 방문을 열어두는 집에 관한 이야기를 들은 적이 있다. 화목은 집에 다 담기지 않는 웃음소리처럼 바깥으로 흘러넘치곤 하지만 눈길과 손길로 꾸리는 살림은 서로를 감싸기에 내내 집에만 머무르고 싶게 한다. 가만히 떠올려보면 내게도 화목했던 시절이 있었다. 저녁에 고등어조림을 먹던 날들, 어머니가 손수 만들어주었던 양념통닭과 저녁 대신 만들어주었던 떡볶이, 어린이날에 먹었던 짜장면, 한여름 마당에 둘러앉아 구워 먹었던 삼겹살, 그리고 3교대 근무했던 아버지와 함께 올랐던 뒷산 약수터길. 그 길을 오르며 만난 나무와 동물에 대해, 또 이 세상 온갖 것들에 대해 쉼 없이 들려주었던 아버지 이야기. 내 몸 구석구석에 부엌에서부터 흐르며 집안 가득했던 음식 냄새가 배어 있다. 가만히 킁킁거리기만 해도 고등어조림 냄새가 나는 것 같기도 하다. 가끔 아랫집에서 적어도 두세 번은 재탕한 듯한 김치찌개 냄새가 올라올 때, 맡을 수 있을 뿐 더 이상 먹을 수 없는 음식 목록이 한 가득이라는 걸 알아차린다. 가파른 산길을 오르는 동안 힘이 더 차오르는 듯 아이처럼 신나게 이야기를 들려주던 아버지의 수다가 지금 내 몸에도 흐르고 있음을 느낀다. 지나간 한때를 이렇게 떠올릴 수 있다는 건 내게도 열어둔 방문이 있다는 뜻이겠지.

　5월 볕이 사위어갈 때쯤 달릴 준비를 했다. 7시가 다 되어
가는데도 볕이 남아 있다. 다대포 해수욕장 입구에 들어서니
해가 지는 게 보인다. 지는 해를 바라보며 달리다가 '늘 해가
지는 쪽으로 달려왔구나'라는 걸 알아차렸다. 붉고 커다란 해가
명지 신도시 어귀 이름 모를 산기슭으로 가라앉는다. 나는
어디로도 가지 않는 사람. 그저 여기서부터 저기까지 오가는
사람. 같은 곳을 맴도는 사람. 그래서일까, 그동안 어딘가에
다다르기 위해 달린다 여겨왔다. 꼭 도착해야 할 곳은 없었지만
달리다 보면 그곳에 닿기 위해 더 달려야겠다는 마음이
샘솟곤 했다. 딱히 가고 싶은 곳은 없지만 달리다 보면 더 가고
싶어진다. 거기가 어디라도 좋아, 더 가고 싶어. 두 발을 부지런히
내디디며 다가가고 싶어. 달리는 동안 다다르고 싶다는 마음은
꼭 어딘가에 이르지 않더라도 몸과 마음을 길 위에 마음껏
펼쳐놓게 한다. 여기가 아닌 어딘가에 다다르고 싶기에 더 가고
싶다는 마음이 샘솟지만 나는 이 마음이 갑자기 쏟아지는
코피와 닮아 있다는 걸 안다. 달리는 또 다른 까닭, 그건 지나가기
위해서다.

　달리기는 '닿기'와 이어지면서 '지나가기'와도 이어진다.
닿기에만 힘쓰면 몸이 무거워질 때까지 달려야 하지만 지나갈
때 몸은 늘 가볍다. 마음에 담아두지 않아도 되고, 마음 쓰기를
멈춰도 된다. 모두 다 잠깐이면 등 뒤로 멀어질 테니까, 홀홀

털어버리듯 가볍게 지나간다. 내내 마주 보지 않아도 괜찮아, 어여쁨이 사라진 내 모습을 그대로 내보여도 좋아, 내 힘으로 지나갈 수 있으니까, 금세 지나칠 테니까. 달릴 땐 머물거나 붙드는 일에 대해 생각하지 않아도 된다. 다가오는 모든 것을 반갑게 맞이하면서도 저쪽으로 훌쩍 지나간다. 지나갈 수 있어서, 지나칠 수 있어서 나는 한껏 너그러워져서 마음으로 인사한다. 안녕, 안녕, 안녕. 만나서 반가워, 하지만 헤어져야 하네, 다음에 또 만나.

2025. 5. 28

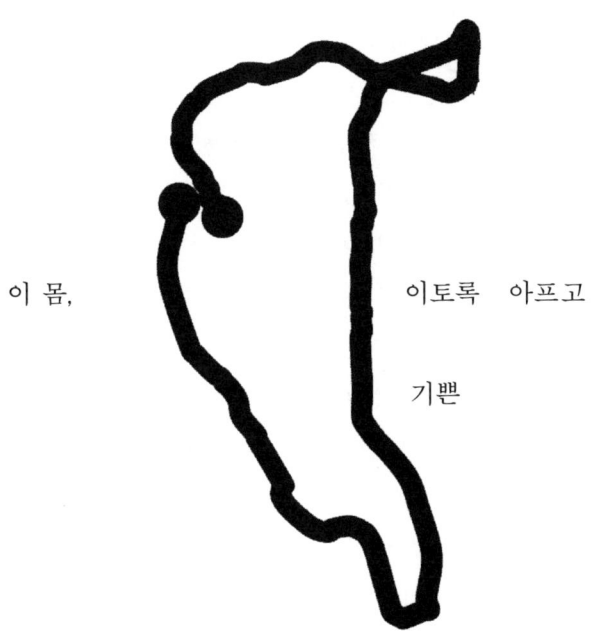

05

이 몸,

이토록   아프고

기쁜

김비 작가님을 만나러 차를 몰고 양산으로 간다. 이런 길을 거쳐서 부산으로 오겠다는 것을 가늠하며 꽤 '늦은' 양산행을 들여다본다. 양산 모퉁이 두세 곳을 옮겨 다니며 새로 펴낸 책 이야기김비, 『혼란 기쁨』를 나눴다. 짧지만 긴 이야기. 아쉽고 서운했던 마음을 털어내고 즐겁고 기쁘게 어울릴 수 있는 이야기를 내어놓는다. 해가 지는 늦은 오후 부산으로 돌아오며 김비 작가님이 이 길을 지나 부산으로 온다는 것을 헤아린다.

지난해 끝자락부터 올해 들머리까지 책 두 권을 펴내느라 몸과 마음이 많이 지쳤다. 특히 눈이 침침해져서 방법을 찾아야겠다 싶고, 어깨결림도 하루 종일 이어진다. 2월 중순 일본 교토 리쓰메이칸 대학에서 발표하기 위해 4박 5일 일정으로 여기저기를 걸어 다녔는데, 걷는 동안 새끼발가락 끝이 내내 아렸다. 그 아픔이 몸을 살피고 돌보라는 신호처럼 다가왔다. 교토에서 달려야겠다 마음먹고 신발과 옷가지를 주섬주섬 챙겨갔는데, 발표 준비와 발가락 통증 때문에 엄두도 내질 못했다. 마음 한쪽에 쌓아둔 짐을 한쪽으로 내려놓은 날이니 밤 10시가 넘어 달릴 채비를 하고 나선다.

보름 만에 달린다. 첫 1km는 가볍게 달리며 몸이 어떻게 느끼는지 가만히 들여다본다. 500km 가까이 뛰어 밑창 한쪽이 떨어져 나간 운동화가 여느 때보다 가볍다. 통통통 뛰는 발걸음이 그동안 돌보지 못했던 몸 여기저기를 가볍게 토닥이는 듯하다. 책상에 오래 앉아 있다 보니 늘 어깨가 뭉치고

목이 뻐근하다. 그런 까닭에 달리기 시작할 때 어깨를 가볍게
돌리며 말랑말랑하게 풀어준다. 몸통을 바로 세우되 어깨 위로
올라간 몸 중심을 아랫배까지 내려오게 한다. 무릎과 발목은
몸을 지탱하는 게 아니라 길 위에서 몸이 잘 흐르도록 받쳐주는
역할을 한다. 그러자면 힘이 들어가면 안 되는데, 몸에 힘을
빼려면 몸통core과 종아리 근육이 받쳐주어야 한다. 무릎엔
언제나 옅은 통증이 있다. 이 통증이 더 깊어지지 않는지 살피며
달려야 한다. 2km까지 몸 상태를 살피는 데 집중하다 보면 3km
부턴 두 다리가 서서히 바퀴로 바뀌는데, 어느 순간 힘들이지
않고도 몸이 저절로 '굴러' 간다.

　　대개 10km를 달리는 동안 1초도 쉬지 않는다. 달리기를
마칠 때까지 땀이 흐르지 않게 하는 일도 내겐 중요한데, 방법은
두 가지다. 첫째는 코로만 숨쉬며 느긋하게 달리는 것이고,
둘째는 멈추지 않고 달리는 데 있다. 달려서 땀이 흐른다기보단
달리다가 멈추기에 땀이 흐른다. 아직은 음악을 들으며 달리는데,
달리다보면 아무 소리도 들리지 않게 되는 때가 있다. 몇 달 앞서
달리기 살림글을 쓰면서 그 까닭이 '딴생각'을 하기 때문이라는
걸 알아차렸다. 딴생각과 함께 낱말 하나도 꼭 침이 고이듯
입안에 맺힌다. 딴생각과 낱말 하나가 왼발과 오른발처럼 사이
좋게 맞장구치며 구른다. 달리기는 나와 길이 어울려 추는 근사한
춤이다. 늦은 밤, 마을 귀퉁이에 조용히 울려 퍼지는 통통통,
타닥타닥하는 소리는 몸과 길이 즐겁게 마주치는 손뼉이다.

어제 넉넉하게 잠을 잔 덕분인지 즐겁게 달리는 동안 몸이 한결 가벼워졌다. 달리고 나니 여느 때와 다르게 오른쪽 어깻죽지가 욱신거렸는데, 바로 여기가 매만지고 돌봐야 할 곳이라는 걸 알려주는 듯하다. 이 몸으로 달렸다. 아프고 결리는 몸으로. 달리는 동안 여지없이 기쁜 몸으로 변하는 내 몸으로 마을 곳곳을 누볐다. 오늘은 어느 때보다 별이 총총 빛났다. 날이 차서 더 그렇게 느껴졌다. 바닷가엔 여느 날과 다르게 백로가 한 마리도 없었지만, 드문드문 홀로 서 있던 그 자리를 눈길로 헤아리며 달렸다. 두 팔을 펴고 날갯짓하듯 골골샅샅을 누볐다.

2025. 2. 25

06

눈을 감고

달리기

늘 같은 곳을 달려도 달리는 몸과 마음이 다르고, 부는 바람결과 풍기는 냄새가 다르고, 별빛과 밤 구름도 같은 적 없으니 오늘도 다른 길이다. 가볍게 입고 바깥에 나설 때 차가운 바람이 온몸을 휘감는 순간은 언제나 좋다. 발을 내디딜 때 넉넉하게 받아주는 땅과 가볍게 튕기며 저절로 나아가는 발바닥이 마치 기다렸다는 듯 맞춰서 손뼉을 치는 듯해 발 구르기도 신이 난다. 두어 달 멈췄던 세미나를 다시 연 날, 발제는 끝냈고 봄밤에 부는 바람은 선선하고 냉장고엔 어제 만들어둔 음식도 남았으니 반병쯤 남은 와인을 곁들일 수 있다. 세미나를 마치고 한결 홀가분한 마음이 되어 달리러 나섰다. 오늘 밤 나는 누가 뭐래도 넉넉한 사람이다.

다대포 바닷가를 곁에 두고 달리다가 문득 눈을 감고 달려보고 싶었다. 폭이 넓지 않은 길이어서 잠깐 감았다가 빨리 떠야 했지만 세 걸음, 다섯 걸음이 곧 여덟 걸음으로 이어진다. 그리고 열세 걸음, 마침내 스무 걸음까지. 다섯 걸음부턴 바닷가 쪽으로 발이 빠지지 않을지 걱정되었는데, 그래도 자꾸만 눈을 감고 달리고 싶어 내 손을 잡고 앞을 열어주는 어떤 이가 있다고 여기며 눈을 감았다가 떴다가, 발을 길게 뻗었다가 좁혔다가, 아이처럼 장난치듯 달린다. 앞이 보이지 않는다는 게 걱정되면서도 눈을 감은 채로 계속 달리고 싶다는 마음도 같이 솟아난다.

왜 갑자기 눈을 감고 달려보고 싶었을까? 나는 그 까닭을 금세 알 수 있었는데, 실은 언제나 눈을 감고 달리는 것처럼 붕 뜬 채 동네를 누볐기 때문이다. 달릴 때마다 나도 모르게 두 팔을 날개처럼 펴고 달리게 될 때가 있고, 귀에 꽂은 이어폰으론 아무 소리도 들리지 않고 다만 발소리와 숨소리만 가득할 때도 있고, 5km를 지나다 보면 어느새 몸이 두둥실 떠서 흘러가는 것처럼 느껴질 때도 있다. 달리기는 몸과 마음을 온전히 느끼는 일인데 그건 몸맘을 다 내어놓는 일과 이어진다. 그게 눈을 감는 일과 맞닿는다는 걸 어슴푸레 알아차린다. 노랫말이 정겹고 아름다운 노래를 부르거나 시를 읊는다면 눈을 감는 정도가 아니라 날아다니는 느낌이겠지.

눈을 감았다가 뜨기를 되풀이하는 동안 아찔함과 어지러움 사이를 오간다. 눈을 감고 열 걸음을 내디디면서 알아차렸다. 눈을 감고 더 가려 한다면 더 천천히 달리면 되구나, 걸음 폭을 줄이면 되구나. 이야기를 나누며 달릴 수 있는 달리기 벗을 마음 속 깊이 바라왔는데, 그이가 손을 잡고 한 걸음 앞서 달리며 눈을 감고도 안심하고 달릴 수 있게 도와주는 벗이기도 하겠 구나. 걸으며 이야기하기야말로 가장 큰 즐거움이라 여겨온 까닭 도 이제 더 뚜렷이 알 것 같다. 이야기를 내어놓는 동안, 혹은 이야기를 듣는 동안은 곁에 기대어 가만히 눈을 감고 걷는 것과 다르지 않기 때문이다. 내내 반짝이는 게 아니라 잠깐 깜빡이는 것들은 눈을 감았다가 뜨기를 되풀이하고 있는 것이겠구나 싶다. 눈을 감아야만 만날 수 있는 이가 있다.
모든 깜빡임 곁엔 함께 걷는 발걸음이 있는 것처럼.

2025. 3. 12

07

딴생각

함께 꾸리는 문학잡지『문학/사상』편집회의를 마친 뒤, 이어지는 뒷자리를 뒤로하고 먼저 나섰다. 정영선 작가님을 모셔다드리며 두런두런 이야기를 나눴다. 어색함을 쫓으려 내어놓는 실없는 이야기는 한마디도 하지 않고 책 만드는 이야기, 소설 쓰는 이야기, 즐겁게 누리는 이야기, 답답한 마음을 슬쩍 내비치는 이야기를 술술 잇다 보니 광안리에서 북구까지 금세 도착했지만 이어서 김해까지, 창원까지도 갈 수 있겠구나 싶기도 했다. 주거니 받거니 잇던 이야기를 아파트 단지 앞에 도착하면서 뚝 그쳐야 했지만 그것도 괜찮았다.

한 달 만에 차에 기름을 넣고 마트에 들러 고등어도 두 마리 사고, 두부랑, 고추, 안 깐 마늘도 한 봉지 샀다. 닭튀김을 내어놓는 자리가 텅 비어 있는 걸 보곤 속으로 '그야말로 크리스마스이브군' 이라 속삭였다. 오늘 일찍 집으로 돌아왔으니 벼르던 달리기를 하러 나서야겠구나 싶다. 미루고 미루다 보니 달린 지 한 달이 훌쩍 넘어버렸다. 내일도 마쳐야 하는 일이 잔뜩 쌓여 있기에 겨울바람을 한 움큼 마셔서 몸과 마음을 북돋아야겠구나 싶다.

천천히 달려야지 마음먹었지만 오랜만에 달려서 그런지, 긴장과 들뜸 사이를 넘나드는 탓에 몸이 앞서 나간다. 몇 주를 꽤 정신없이 보낸 듯한데, 가만히 돌아보니 즐거운 흔적으로 가득하다. 옅은 웃음 자국만 남기고 어디론가 사라져 버린 즐겁고 기뻤던 순간을 찬찬히 떠올려보았다. 기쁨과 즐거움은 웃음처럼, 불꽃처럼 무게가 없어 그 순간만 반짝이고 어느새 날아가 버리지.

내 몸, 내 마음 어딘가에 기쁨과 즐거움이 타올랐던 흔적이 있겠구나 싶어 가볍게 땅을 딛고 박차고 나아가며 몸과 마음을 훑었다.

달리는 동안 에어팟으로 음악을 듣다 보면 달리기 앱에서 알림도 보내주는데, 아무 소리가 들리지 않을 때가 잦다. 1km 마다 시간과 속도를 알려주는데 연거푸 놓친다. 음악 소리도 들리지 않는다. 딴생각에 빠져 있기 때문이다. 오늘은 이 '딴생각' 이라는 낱말을 품고 달렸다. 내게 '러너스 하이'라는 건 별것이 아니라 바로 이 딴생각을 가리킨다는 걸 오늘에서야 뚜렷하게 알아차렸다. 달리기가 늘 이토록 즐거운 까닭이 딴생각을 마음껏 할 수 있기 때문이란 것도 알겠다. 어디서든 딴생각 하지 말라고 곧잘 나무라곤 하지만 딴생각이 무얼 가리키는지 되새겨보아야 한다.

〈우리말샘〉엔 "미리 정해진 것에 어긋나는 생각"이라거나 "주의를 기울이지 않고 다른 데로 쓰는 생각"이라 풀이해 놓았다. 딴생각을 잘못된 일이라는 눈길로만 바라본 풀이다. 딴생각은 '다른 생각'을 가리키는 말이기도 하다. 그건 '미리 정하지 않은 생각'이고 '다른 데로 나아가는 생각'이다. 문학과 예술은 그야말로 '딴생각' 없이는 나타날 수 없다. '딴생각'을 쓸데없는 짓이라거나 이것저것 여러 생각이 뒤섞이는 거라 여기기 쉽기에 딴생각을 마음껏 하는 경우는 드물다. 뜻하지 않았기에 피식 웃고 지나치는 게 아니라 깊게 품게 되는 딴생각. 달리는 동안

자주 딴생각이 깃들어왔구나 싶다. 그래서 앱에서 귀에 대고
여러 정보를 알려주는데도 아무것도 들리지 않는 거다. 쉼 없이
두 발을 구르며 마을 둘레 여기저기를 온몸으로 누비는 동안
그토록 즐겁고 느긋하게 누릴 수 있었던 까닭이 마음껏 딴생각을
했기 때문이었구나!

　　딴생각은 영감처럼 벼락같이 내리쳐서 뚜렷한 흔적을
남기는 방식으로 깃들지 않는다. 어찌 보면 아무런 자취도
남기지 않는 편에 가까운데, 그럼에도 계속 딴생각에 깃들다
보면 도무지 풀리지 않았던 일도 스르륵 풀려버릴 때가 있고, 늘
해왔던 일이 실은 대단히 뜻깊고 힘찬 몸짓이라는 걸 알아차리게
되는 때도 있다. 누군가 내게 그래서 무슨 생각을 했냐고
묻는다면 달리 대꾸할 말은 없다. 그저 딴생각을 했기 때문이다.
달리기는 딴생각이 깃드는 발돋움이구나. 그동안 딴생각이 내
몸과 마음을 북돋고 살림에 이바지했다는 걸 오늘 밤 선물처럼
받아 든다.

2024. 12. 24

달리며

펼치는

살림

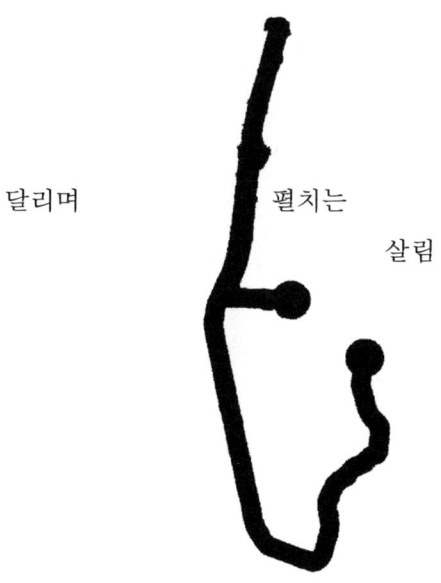

언제부터 달렸나를 떠올려보다가 어지간히도 '운동'을 하지 않은 내가 어쩌다 달리고 쓰는 모임을 열게 되었는지 돌아보게 된다. 군대에 끌려가서 축구나 족구를 한 번도 하지 않았다고 하면 믿어줄 사람이 있을까? 강원도 철원 산골짜기에서 해가 질 때부터 해가 뜰 때까지 철책선 앞에서 보초 근무를 서야 했기에 모두가 잠이 부족했다. 그런 탓에 집합 명령이 있었음에도 누가 족구장에 나오지 않았는지 자세히 살필 겨를이 없었기에 나는 보일러실에 숨어 시집을 읽으며 경기가 끝날 때까지 기다릴 수 있었다. 소대 단위로 떨어져 지낸 부대 특성 때문에 축구할 일도 없었다. GOP 근무를 철수하고 바깥 부대로 돌아가서는 계급이 조금 높아져서 축구나 족구를 하지 않아도 되었다.

그만큼 운동과 담을 쌓고 지낸 내가 숨 가쁘게 몸을 움직이게 된 건 2016년 늦가을 이사한 동네를 산책하던 가운데 눈에 띈 권투 체육관에 들어서게 되었기 때문이다. 2018년 봄으로 기억한다. 대학에서 강사 일을 하는 동안 무언가를 안간힘 쓰며 가르쳐보려고만 했지 무언가를 배운 기억이 까마득했던 까닭도 있고, 되는 일도 안 되는 일도 없이 똑같이 흐르던 나날로부터 도망치고 싶은 마음도 조금은 있었을 것이다. 2018년 늦봄, 매해 열어온 〈회복하는 글쓰기〉 모임에서 한 글벗이 '러너스 하이'에 대한 살림글―그땐 생활글이라 불렀다―을 썼기에 함께 이야기를 나누다가 여럿이서 광안리에서 열린 10km 러닝 대회에 참가한 게 뜻밖의 일이었지만 뜻깊은 걸음이

아니었나 싶다. 그즈음 권투 체육관에서 하루도 빼놓지 않고
몸이 부서져라 운동을 해온 터라 링 위에서 지치지 않으려면
로드워크—길 위를 달리며 몸을 푸는 기초 운동—을 많이 하면
된다는 조언을 듣고 더 '열심히' 달렸다.

　더 빨리, 더 멀리 달리고 싶던 마음 때문이었을까.
평생 하지 않던 운동을 몸이 괴로울 정도로 몰아붙였기
때문이었을까. 자가면역질환처럼 보이는 이상한 반응이 몸
곳곳에서 나타났기에 모든 운동을 중단하고 납작 엎드려 몸을
보살폈다. 권투 체육관에 가고 싶다는 생각은 누를 수 있었지만
달리기만큼은 참을 수가 없어 2021년 가을부턴 이른바 '도둑
러닝'이라는 걸 시작하게 되었다. 3년 동안 몸을 너무 못살게
굴어서 열이 오르는 일을 하면 안 된다는 주치의 당부가
있었기에 몰래 조금씩 뛰던 걸 '도둑 러닝'이라 이름 붙여보았다.
달리고 나면 무릎이 아파서 보름 정도는 뛸 수 없었고, 그 주기가
한 달로, 두 달로 늘어갔다. 2년 동안 드문드문 달리긴 했지만
그야말로 꺾인 무릎으로 절룩이며 뛰었다고 해야 하지 않나
싶기도 하다.

　어느 날, 낙동강변을 따라 달리다가 이대로 멈추지 않고
간다면 어머니가 입원한 병원까지 닿겠다 싶어 그 길로 계속
달렸던 때를 기억한다. 버스에서 내리는 걸 확인하지 못한 기사가
차를 출발하는 바람에 버스 아래로 떨어져 바퀴에 두 다리가
깔려 뼈가 으스러진, 떠올리기도 싫은 터무니없는 사고로 몇 달

동안 병원에 입원해 있던 어머니가 몸과 맘을 잘 추스르시길 바라며 달렸다. 한 번도 가본 적 없는 그 길을 기도하는 마음으로 달렸는데, 내가 있던 곳에서부터 내가 닿고 싶은 곳까지 온 힘을 다해 달리는 일이 기도와 닮아 있다는 걸 알게 되었다. 오랜 스승이 위독하다는 소식을 듣고 자신이 사는 베를린에서부터 그이가 누워 있는 파리까지 걸어서 간다면 소중한 이가 죽지 않을 거라는 바람을 담은 이상한 여행기, 『얼음 속을 걷다』— 베르너 헤어초크, 안상원 옮김, 밤의책, 2021—를 알아본 것도 강변대로를 달리는 몸으로 했던 기도 때문이었지 싶다.

빨리 달리거나 멀리 달리기보다 몸을 살피며 달리는 동안 달리기가 내 몸과 마음을 들여다볼 수 있는 길목이라는 걸 저절로 알게 되었다. 온 힘을 다해서 달리는 걸 멈추고 힘을 다하지 않고 달리면 몸도 마음도 즐겁다는 걸, 달리기가 살림을 꾸리는 일과 다르지 않다는 걸, 가계부를 쓰는 것처럼 달리는 동안 내 몸과 마음을 알뜰하게 쓴다면 살림을 북돋울 수 있다는 것도 눈 뜨게 되었다. 그러다 보니 달리는 동안 노래를 부르거나 시를 읊고 싶은 것이다. 무언가를 기억했다가 달리며 풀어내는 일을 떠올리니 접어두었던 몸과 마음을 내디디며 길 위에 펼치는 일이라는 자리에 닿게 된다.

달리기가 몸과 마음을 마음껏 펼치는 일이기에 그 느낌을 글로 옮겨 적고 싶었다. 온몸에 힘을 빼고 그저 작은 스프링이 되어 낭창낭창하게 발돋움 하는 건 그야말로 길 위에서 추는 춤이지 않나. 달리기는 길을 무대로 바꾸는 발돋움이구나, 마음을 노래하며 마음껏 춤추는 일이구나. 그러니 이를 고스란히 글로 옮기는 건 매번 실패할 수밖에 없구나. '쓸 수 없다'라는 자리에서 알게 된 게 있다. 달리기는 몸으로 쓰는 글이라는 걸 말이다. 내가 자주 달리는 장림에서 다대포 해수욕장을 거쳐 장림포구를 끼고 돌아 장림시장을 가로지르는 달음질이 그 자체로 이미 몸과 마음을 담은 글이구나, 그러니 무언가를 새로 쓸 게 아니라 달리며 쓴 글을 어떻게 읽어내느냐가 중요하겠구나 싶은 것이다.

달리기는 두 발을 내딛으면서 나아가는 몸짓이기에 둘레를 누비며 누리는 일이다. 가로질러 나아가는 듯 보이지만 달리는 동안 둘레를 눈으로 보고 귀로 듣고 몸으로 담는다. 어느 곳도 건너뛰지 않고 모조리 밟고 내딛기에, 그렇게 둘레를 몸과 마음에 가득 담는 일이기에 늘 새 몸과 새 마음으로 나아갈 수 있다고 여긴다. 나는 코로만 숨 쉬며 달린다. 빠르기나 거리를 중요하지 않다고 여긴다. 다만 숨차지 않을 정도로, 함께 달리는 달림이 동무와 이야기를 나눌 수 있을 정도로, 달리고 나서 몸이 가뿐할 정도로, 철 따라 달라지는 벌레 울음소리, 사람들 말소리, 새소리를 죄다 들을 수 있게, 또 내 몸과 마음에서 흘러나오는 소리, 넋이 조곤조곤 들려주는 소리를 들을 수 있게, 코로만 숨 쉬며 느긋하게 달린다. 춤추듯 둘레를 누리며 코로만 숨 쉬며 달리면 10km를 달리더라도 땀은 한 방울도 흐르지 않는다.

몸과 마음을 길 위에 넉넉하게 펼치는 일. 내게 달리기는 살림을 꾸리는 일과 이어진다. 달리기 살림은 몸과 마음을 달래며 다독이는 일이기도 하기에 오래 달리는 동안 아픈 곳 없이, 지치는 기색 없이 내내 기쁨과 즐거움을 내어주는 몸에게 고마움을 전하는 나만의 방식이 있다. 천천히 들이쉬고 내쉬는 코로만 숨쉬기. 달릴 때도 코로만 숨 쉬고, 곳곳에서 살림을 꾸릴 때도 코로만 숨 쉰다.

2024. 10. 4

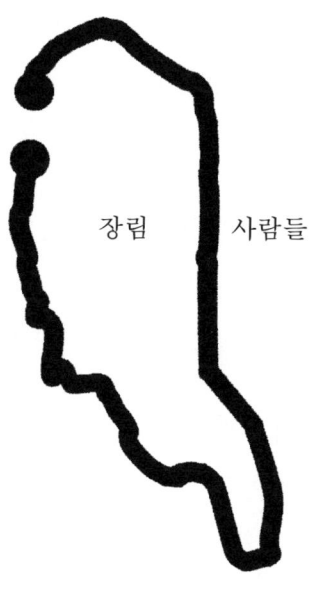

09

장림   사람들

달리면서 지나친 사람

LPG 충전소 일꾼.

병원 입구에서 담배를 피우는 환자.

늦게 귀가하는 중년 여성.

낫개 역 근처를 지나 현대아파트 앞 버스 정류소엔 언제나 대리기사로 보이는 남자가 정류장 벤치에 앉아 있다.

늦게 귀가하는 고등학생들.

다대포 해수욕장 근처에 비틀거리는 노인. 가로등에 노상 방뇨를 하려고 한다.

산책 나온 가족과 귀가하는 연인.

버스 종점이 있어 도로에 서 있는 버스 기사를 종종 본다.

다대포 해안도로 안쪽에서 홀로 낚시하는 사람들.

그리고 홀로 서 있는 백로.

야간 조업을 하는 배도 있다. 여성 혼자 그물을 올리는 모습.

남성 혼자 그물을 올리는 배도 있다.

장림 포구엔 막 출항하려는 배가 두어 척 있다.

외국인 노동자를 지나칠 때도 있는데, 홀로 있는 경우는 한 번도 없고 언제나 둘이나 셋이 함께 있다. 장림 공단에서 일하는 이웃 나라 일꾼들로 보인다.

편의점 앞 벤치에 앉아 담배를 피우며 캔맥주를 마시는 남자들.

한쪽만 불을 켜둔 공장. 느리게 몸을 움직이는 일꾼이 보인다.

장림시장 뒤편엔 좁은 골목길이 있는데, 좁은 길 양옆으로 다세대 주택이 즐비하다. 조방 앞 범일동 한쪽에서 보았던 집과 닮은꼴이다.

장림시장엔 24시간 영업하는 곳이 꽤 있는데, 커다란 슈퍼는 언제나 늦게까지 불이 켜져 있다. 통닭집과 분식집도 24시간 열린 듯하다.

도로 한쪽에 비상 깜빡이를 켠 택배 기사들.

오토바이를 타고 어슬렁거리는 동네 덩치들.

고깃집 앞에 나와 담배를 피우는 사람들.

신문 배달 하는 사람.

달리지 않았다면 보지 못했을 사람들.

2024. 8. 6.

10

그림자가 비추다

5월부터 진주를 오간다. 8월이 되었으니 한 계절을 오간 셈인데,
누구와도 사귀지 못하고 무엇도 좋아하지 못한 채 여전히
낯설게 오갈 뿐이다. 이번 주는 진주에서 하루 묵어야겠다 싶어
숙소를 잡고 그곳에서 남강까지 가는 길을 찾아보았다. 다들
여름휴가를 떠났는지 오늘 낮부터 <살림글쓰기> 모임에 나올 수
없다는 알림이 자꾸 울린다. 이런 날엔 서로 더 가까이서 살갑게
이야기를 나눌 수 있으니 저마다 쓴 글을 차근차근 짚어가며
이야기를 건네야겠다 싶어 여느 때와는 다른 몇 가지 이야기를
적어두었다.

   늦은 시간까지 이어진 모임을 정리하고 숙소로 가 서둘러
옷을 갈아입은 뒤 남강 곁을 달렸다. 멀찌감치 바라만 봐왔던
터라 그저 예뻐 보이기만 했는데, 그 곁을 달리다 보니 새삼 강이
어떻게 흐르는지 궁금했다. 물살은 센지, 물 빛깔은 어떤지, 아니
흐르고는 있을까? 남강은 어쩐지 흐르지 않는 커다란 호수처럼
느껴진다. 남강을 예쁘게 찍은 사진을 많이 본 탓이겠거니
생각하며 검은 남강 곁을 조용히 달린다.

   잘 닦여 평평하고 깨끗한 길인데, 이상하다고 느껴질 정도로
심심하다. 무덥고 습도가 너무 높은 까닭도 있겠지만 여느
때와 달리 기운이 나질 않고 금세 숨이 찬다. 진주와 사귀지
못한 탓이다. 그러고서 곁을 누리고만 싶어 했기에 즐겁거나
기쁘지 않고 그저 숨만 찬 거다. 남강 둘레엔 가로등이 빼곡해서
장림에서부터 다대포 여기저기를 누비며 달릴 땐 본 적 없는

내 그림자가 내내 따라다녔다. 그 덕에 달리는 모습과 자세를 처음으로 찬찬히 보게 된다. 생각과 달리 몸통을 많이 움직이고 머리 흔들림이 심하다. 달리는 자세는 그리 나쁘지 않다고 여겼는데, 그림자에 비친 모습은 형편없다. 달리는 동안 그림자를 피할 수 없었기에 형편없는 내 모습을 내내 마주하며 달렸다.

낯선 자리에서 드러나는 말과 마음이 있다. 들통났거나 들켰다기보단 우연히 나타나기에 손쓸 수 없는 모습. 남강 곁을 달리며 진주에서 드러나는 내 모습을 들여다본다. 달리는 내내 나를 따라오는 그림자가 그 모습을 비춘다. 누가 알아봐 주지 않아도 애쓰는 일을 계속 이어갈 수 있을까. 아니, 애쓰지 않고 마음을 담아 건넬 수 있을까. 서운한 마음을 내비치지 않고 내 이야기를 차분히 이을 수 있을까. 무언가를 듣거나 발견할 수 있기를 기대하지 않고도 눈을 반짝이며 내가 지닌 것을 끝없이 내어놓을 수 있을까. 나는 오늘 모임에서도 그러길 바랐으나 별수 없이 실패했다.

잘 닦인 트랙을 심심하게 달린다. 남강 주변 건물과 거리는 이상하리만치 비슷한 모습이다. 남강이 진주를 풍요롭게 하고 있나, 진주는 남강을 소중히 여기나? 누가 보더라도 보기 좋다고 여길 수 있도록 매끄럽고 예쁘게 닦아놓는다면 남강이 외려 진주를 만나고, 느끼고, 누리는 데 훼방을 놓는 가림막이나 높은 문턱이 될 수도 있겠구나 싶기도 하다. 서울 인근 도시가 아닌 곳은 죄다 관광지로 만들어놓고서야 안심하는 눈길이 진주가

자랑으로 삼은 남강 둘레에도 가득하구나. 진주와 사귀지
못한 나는 고작 이런 까칠한 눈길로만 진주를 슬며시 바라볼
뿐이구나.

오늘 달리기는 숨이 차고 지친다. 그걸 떨쳐내려 달리는
속도도 오르락내리락한다. 여기저기를 둘러보고 다가가 말을
건네며 사귀지 않는 한 즐겁게 누릴 수 없다는 걸 알겠다.
달리기는 몸뿐 아니라 마음까지 펼쳐야 즐겁게 누릴 수 있다는
걸 남강 곁을 달리며 잠시 배운다. 오늘은 내내 '그림자'라는
낱말을 품고 달렸다. 그림자가 무언가를 가리는 게 아니라
비춘다는 것도 오늘에서야 알아차린다. 내 그림자로 인해 잠시
어두워졌을 자리를 떠올리며 내내 뉘우쳤다. 잘못과 못남이
비추는 자리를 좇아 허겁지겁 달렸다. 땀을 뻘뻘 흘리며.

2024. 8. 2

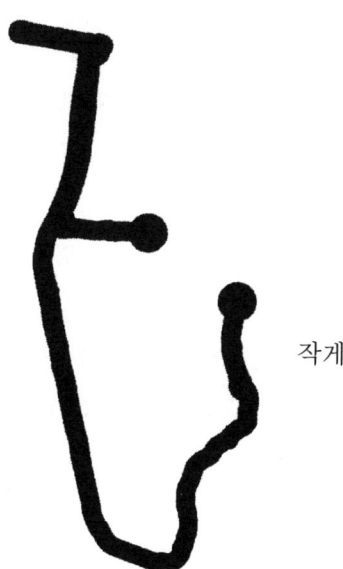

11

작게

며칠 동안 수업을 하기 어려울 정도로 가래가 끓고 목이
잠겼는데, 이렇다 할 이유를 찾진 못했다. 이럴 때 몸과 마음을
더듬어보게 되는데, 적어도 일주일에서 길게는 한 달 치 정도는
챙길 수 있어야 하지 싶다. 먹고 자는 일, 마음 쓰고 생각한
것들을 차분히 챙긴다면 목이 잠긴 까닭을 알아차릴 수 있지
않을까 싶지만 어제 일도 가물거리는 형편이다. 나날이 나빠지는
게 아니라 천천히 나아지고 있어서 가볍게 뛰어봐야겠다 싶었다.
이럴 때 달리기가 몸과 마음에 어떻게 이바지하는지 살펴보고도
싶고, 혹은 얼마나 훼방을 놓는지도 궁금해서 여느 때보다 조금
이른 시간에 나섰다.

　달리다가 힘들다 싶으면 언제라도 멈추고 돌아갈 수 있는
'장림-다대포 해수욕장' 길이 나아 보였지만 감천항을 끼고
달리고 싶어 그쪽으로 들어섰다. 은근한 내리막과 꽤 힘차게
올라야 하는 언덕이 있고, 오가는 차가 거의 없어 홀로 달리기
좋은 길이다. 봄에 가랑비가 내릴 때 이 길을 참으로 즐겁게
달렸던 날이 떠올랐다.

　대개 밤 11시 넘어서 달렸던 것과 달리 10시쯤에 달리니 이웃
나라에서 온 일꾼으로 보이는 이들을 여럿 지나치게 된다. 모두
감천항 쪽으로 가는 길인 듯한데, 그쪽에 마을이 있는 건 보지
못했지만 이들이 묵는 곳이 따로 있나 보다. 뒷모습으로, 냄새로,
낯선 말로 이들이 살았던 나라를 그려보며 조심스레 지나쳤다.
텅 빈 도로에 큰 트럭만 가득했던 길 한쪽에 이웃 나라 일꾼들이

옹기종기 모여 이야기꽃을 피우는 모습도 보게 된다. 저곳이 쉼터였구나. 버려진 곳이라 여겼는데 편의점 옆 공간에 여럿이 둘러앉아 왁자지껄해 보인다. 사람이 없을 땐 버려진 것처럼 보이는 곳이 쉼터겠구나 싶기도 하다.

더 천천히 달릴 생각을 하지 않고 더 신나고 즐겁게를 생각해서인지 요즘 자꾸 빨라진다. '작게'라는 낱말을 입안에 넣어둔 사탕처럼 내내 머금고 달렸다. '크게'가 아닌 '작게'라는 낱말을 내내 곁에 두고 있는 것에 대해서도 생각했다. 〈남들이 알아주지 않는 일, 그럼에도 애쓰는 일〉이라는 고리는 여전히 내 살림을 끄는 두 바퀴라고 할 수 있는데, 그 바퀴가 '크게'가 아닌 '작게' 곁에 있어서 다행이다 싶다. '작게'가 숫자나 크기를 나타내는 낱말이 아니라는 걸 조금씩 알아간다.

'작게'를 입안에서 공글리다가 비슷하지만 조금 다른 '잘다' 라는 낱말을 떠올렸는데, 잘하는 길은 '크게'가 아니라 '작게' 에 있다는 걸 가리키는 듯했다. 실은 잘 하고자 하는 마음도 내려놓을 수 있어야 한다. 생각처럼 쉽지 않은 일 앞에서 매번 떠올리는 건 밥 짓는 일이다. 어느 한순간도 귀찮거나 어렵다고 여긴 적이 없고, 잘 하고자 하는 마음도 없이 즐겁게 하고 마음껏 누리는 일. 이런 살림을 늘려가며 살림에 기대어 살아야겠구나 싶다. 작게라는 낱말을 머금고 달리며 짧은 시를 썼다.

작게라는 살림

작게작게라고 하면 시가 되고

작게작게작게라고 하면 노래가 된다

2024. 6. 8

12

낯선

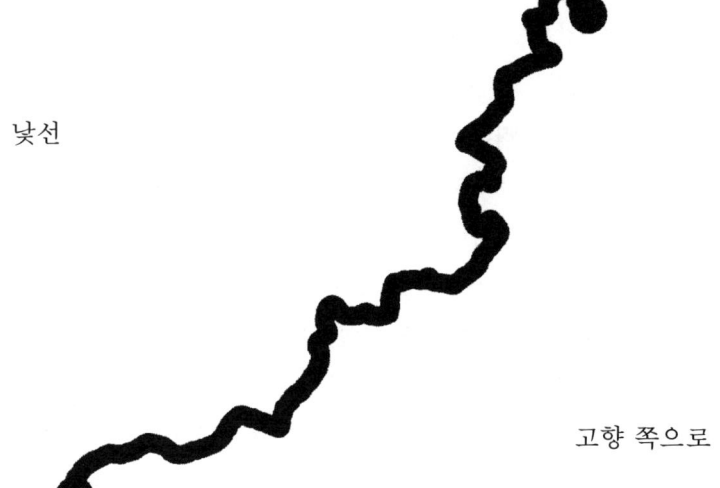

고향 쪽으로

못해도 일주일에 한 번씩은 달려야지 싶지만 자꾸 미뤄지고, 마음을 크게 먹어야 나설 수 있는 걸 보면 달리기를 살림이라 꺼내놓을 수 없겠구나 싶기도 하다. 애써 모른 척, 마치 어제 본 벗을 향해 인사를 건네는 양 아무렇지 않게 나가야겠다 마음먹고 달릴 채비를 갖춘다. 앱을 확인해 보니 달린 지 20일이 넘었기에 오늘은 더 천천히 달려야겠다고 마음먹고 나섰다. 거리나 속도를 가늠하지 않고 코로만 숨 쉬며 비에 흠뻑 젖는 것처럼 밤공기에 몸을 내맡기며 나아간다.

　새삼 나-아-가-다란 낱말을 곱씹게 된다. 달리기를 몸과 마음을 펼치는 자리라 여겨왔기에 '펼치다'란 낱말에 대해선 나름으로 풀이를 해보고 짧게나마 적어보기도 했다. 달리는 동안 드문드문 '나아가다'란 낱말을 떠올리게 되는 때가 있는데, 여태 가만히 풀어볼 생각을 하지 못한 거 같다. 국립국어원 표준국어대사전엔 '나아가다'를 "앞으로 향하여 가다"라고만 풀이하고 있지만 '그간 해온 일을 이어서 하다'를 바탕 뜻으로 가지되, 새롭게 잇는 일이라는 속뜻을 품고 있다고 생각한다. '앞'은 방향만이 아니라 때시간도 가리킨다. 아직 오지 않은 때미래를 향해 나아가는 것이다. 나아가기 위해선 우선 '바깥'으로 나가야 한다. 이어서 한다는 게 '꾸준함'을 바탕으로 하는 것처럼 보이지만 '새로움' 없이 나아가는 건 어렵다고 생각한다. 바깥은 낯선 것과 마주칠 수 있는 장소다. 몸 바깥으로, 나자아 바깥으로, 생각 바깥으로, 익숙한 것 바깥으로, 둘레 바깥으로 나가는 일.

지금은 이렇게 적바림해 둘 수 있겠다. 달리기는 몸을 이끌고 바깥으로 나가려는 발돋움이다.

달리기가 매번 즐거운 까닭은 낯선 무언가를 향해 발돋움하기 때문이다. 눈에 익은 동네도 달리다 보면 새롭게 보이고, 오늘 달리며 펼쳐내는 몸 또한 지난번과 같지 않다. 몸을 다독이고 살피며 둘레와 마주한다. 달리는 동안 몸과 동네를 돌아본다. 달리기는 몸과 동네를 돌보는 몸짓이기도 하다. 이러니 달리기를 살림이라 여기지 않을 수 없다.

여느 때보다 느긋하게 달리다 보니 한 번도 가보지 않은 낯선 길로 미끄러지듯 이끌린다. 신장림 역에서 낫개 역 쪽으로 가지 않고 아랫길로 향해본다. 가다 보면 다대포항 맞은편 목재를 쌓아둔 곳이 나오지 않을까 어림짐작하며 달렸는데, 감천항으로 이어지는 길이다. 처음 달리는 길이지만 코로만 숨 쉬며 느긋하게 달리니 오솔길을 걷는 것처럼 고즈넉하면서도 내내 기운이 솟는다. 쿵쿵 내딛는 발이 동네를 두드려 깨우고, 깨어난 동네가 내 등을 밀어준다. 짧은 터널을 지나 모퉁이를 도니 '송도'라는 표지판이 보인다. 이 길을 따라가면 송도가 나오려나. 송도는 내게 '회복의 고향' 같은 곳이다. 맺고 이어온 사귐이 모조리 부서졌던 때, 사람들을 피해 숨었던 곳이면서 종일 정처 없이 무작정 걷기만 했던 곳. 바깥을 향해 나아가려 조용히 몸부림치다가 오솔길을 만났고, 회복과 살림이라는 낱말을 품게 되었던 곳이 송도다. 이렇게 달려서 송도 암남공원에 닿는다면 이제는 그곳을 낯선 고향이라 불러야겠구나 싶었다.

달리며 흘깃 본 도로 표지판에서 생각지도 못한 고향 이름을 본 탓인지 둘레를 가늠하지 못하고 목적지에 닿기만을 바란듯하다. 송도에 닿는다 해도 돌아올 일이 걱정이다. 여느 때와 달리 오늘은 신용카드를 챙기지 못했기에 혹여나 몸이 식어 감기라도 걸릴까 봐 지레 걱정이 되는 것이다. 커다란 덤프트럭이 끝없이 이어진 한적한 도로를 지나 모퉁이 몇 개를 도니 이 길로는 송도에 닿을 수 없겠다는 걸 알게 된다. 송도가 아닌 구평동으로 이어진 길이어서 다행이다. 잠시 들뜨게 했던 송도는 다음에 가보자 마음먹었다. 장림에서 출발해 송도 해변까지 달린 뒤 암남공원을 가로질러 감천항을 거쳐 돌아오면 두어 시간 정도 걸리지 싶다.

느긋하게 달리니 새로운 게 보인다. 한 번도 가지 않았던 길로도 선뜻 들어서게 된다. 새롭게 펼쳐진 길 위를 '낯선 고향 쪽으로'라는 낱말을 머금고 달렸다. '낯선'과 '고향'을 나란히 놓아두려면 '바깥쪽으로' 나아가야 한다. 내게도 고향이 있다. 거기에 닿기 위해선 나-아-가야 한다. 내가 사는 곳, 억울함과 원망으로 가득한 이 지역을 살아가는 방식이 '바깥으로 나아가며 머물기'라는 걸 다시금 새기게 된다.

한 시간 가까이 달렸지만 땀을 한 방울도 흘리지 않았다.

2023. 12. 8

13

보자기를 풀어 살림을 펼치는 것처럼

작업실이 춥고 몸도 좋지 않아 일찍 퇴근하는 길에 맞은편
'카파 드래곤'에 들러 원두를 샀다. 집에서 작업을 할 수도 있기에,
혹여 커피가 없어 작업이 중단될까 오늘도 괜한 염려를 하며.
지난번에 구매했던 원두 두 종류에 대한 후기를 전하며 신맛이
나는 원두를 내릴 때 부딪친 문제에 대해 짧게 이야기했다.
아마도 사장님 또한 퇴근을 준비하는 듯했지만 이내 신맛 나는
원두를 갈아서 커피 한잔을 내려주신다. 커피 한 잔을 내리는
동안 그 과정을 하나하나 설명하며 이야기를 건넨다. 자신은
20g이 한잔 양인데 이건 사람마다 조금씩 다를 수 있고, 원두가
부풀어 오르는 이유와 어떤 방식으로 내리는 게 좋은지, 신맛이
나는 원두와 강하게 볶은 원두를 내릴 때 물 온도는 어느 정도가
적당한지, 정해놓은 원칙을 따르기보다 내리면서 원두 상태를
계속 살피는 게 중요하다는 것, 그렇게 원두를 살피며 자기에게
맞는 커피 맛을 찾아가는 게 중요하다며 이야기를 건네듯 편하게
말했지만 그 짧은 시간에 그간 알고 있던 커피에 대한 정보와
지식보다 더 많은 걸 배운 듯하다. 원두와 함께 드립 커피값도
드리려고 하니 이건 한산할 때 한 잔 내려드리는 거라고 가볍게
거절하신다. 단물이 조금 남아 있을 때 껌을 뱉는 게 좋은 것처럼
커피를 내릴 때도 마찬가지라며, 원두 산지와 지명을 '나주배'
처럼 익산이든, 울산이든 조금씩 다를 순 있지만 기본적으로
배는 맛있는 과일인 것과 다르지 않다고 하는데, 힘주지 않은
비유에 커피를 대하는 태도가 배어 있는 듯했다. 힘들이지

않고 '뚝딱' 내어놓은 것처럼 보이지만 이 한 잔을 내리기 위해 얼마나 많은 커피를 내려왔을까. 젠체하거나 짐짓 아무것도 아니라는 듯 심드렁한 척하지도 않았던 것에서 이 사람이 커피를 어떻게 대해왔는가가 고스란히 전해졌다. 내려주신 커피를 마시며 퇴근하는 동안 가치를 인정받기 위해 전전긍긍하며 비싼 척을 하기 위해 애쓰는 세상에 나 또한 휩쓸려 있었구나 싶다. 아껴두었다가 '짠'하고 보여줄 것이 아니라 오늘도 어제 그랬던 것처럼 보자기를 펼치듯 내어줄 수 있는 것을 즐겁게 건네야겠구나 마음먹었다.

늦은 밤, 세미나를 마치고 잠시만 누워서 쉰다는 게 깜빡 선잠이 들었다. 날이 차고 몸도 조금 무거웠지만 오늘이 아니면 또 다음 주까지 미뤄질 거 같아서 벌떡 일어나 달릴 채비를 갖추었다. 잃어버린 줄 알았던 음식물쓰레기 카드가 달릴 때 입는 반바지에 있어 속으로 환호성을 지른 뒤 한쪽에 쟁여두었던 음식물쓰레기를 챙겨서 나섰다. 가끔 팔굽혀펴기와 윗몸일으키기를 해온 덕인지 몸통 흔들림이 적어 늘 약간 긴장하는 1km 구간에서도 단단한 안정감을 느낀다. 오늘도 코로만 숨 쉬며 달린다. 기온이 7도로 나와서 올해 마지막 반바지가 아닐까 싶었는데, 달려보니 한두 번 더 반바지만 입고도 달릴 수 있겠다 싶다. 요 며칠 잠이 부족해서 몸이 무거웠는데 서서히 몸이 풀린다. 살살 두드리며 몸을 깨우기 때문이다. 장림에서 다대포로 달리며 찬찬히 몸을 들여다보며 펼쳐본다.

접어두었던 몸과 주름진 마음을 가을밤 공기에 넓게 펼친다. 달릴 때라면 접어둔 만큼, 주름진 만큼 더 길게, 그래서 더 넓게 펼칠 수 있다. 달리는 게 몸을 펼쳐보는 몸짓이라는 걸 알게 된 것만큼이나 코로만 숨 쉬며 달려야겠다는 작은 원칙을 품으면서 달린다는 게 몸과 땅과 공기와 풍경을 즐겁게 누리는 시간이 되었다. 특히 살림을 일구는 작은 태도였던 '코로만 숨쉬기'를 달리기와 이으면서 달리는 동안 피로가 쌓여 몸이 무거워지는 길이 아니라 몸과 마음을 마음껏 펼칠 수 있기에 달릴수록 가벼워지는 길에 들어서게 되었다.

이번에도 달리는 동안 날이 바뀌었다. 9시쯤에 나서야 달린 후에 곧장 살림글도 쓸 수 있겠구나 싶다. 오늘은 다대포에서 다시 장림 쪽으로 돌아가지 않고 내처 장림포구까지 달려본다. 그리고 장림시장을 거쳐 동네 한 바퀴를 크게 돌았다. 헤아려보니 3년 6개월 만에 10km를 달렸구나 싶다. 약간 피로감을 느꼈지만 코로만 숨 쉬었기에 괜찮을 거라 여긴다. 달리면서 '카파 드래곤' 사장님을 생각했다. 커피를 내리며 이야기를 건네주었던 것처럼 보자기를 풀어서 살림을 하며 쟁여두었던 것을 건네는 몸짓을 떠올렸다. 달리기에 이끌렸고 여전히 이끌리는 이유는 이 또한 살림을 펼치는 일과 다르지 않기 때문이다. 내 몸과 마음을 잘 살펴 시작부터 마칠 때까지 지치지 않고, 지루해하지도 않은 채 즐겁게 펼쳐내며 누리는 일. 매번 다르게 몸과 마음을 펼치기에 새롭게 쌓이는 살림이 있다고 여긴다. 그 살림이 어떤 건지, 무슨

쓸모가 있는지, 누구에게 건넬 수 있는 건지 아직 모를지라도.
이따금, 코로만 숨 쉬며 달리는 동안 몸 안팎을 들고나며 새롭게
쌓이는 것이 무엇일지, 마음껏 몸과 마음을 펼치는 몸짓으로
익히는 게 어떤 건지 찬찬히 들여다보고 싶다. 언젠가 오랜
친구가 내가 사는 집에 방문했을 때, 잠들기 전까지 즐거운
마음으로 음식을 만들어 내어놓았던 것처럼, 그 덕에 잠들기
전까지 즐겁게 이야기를 나눌 수 있었던 것처럼. 그렇게 살림을
꾸려간다면 커피 한 잔을 내리는 일처럼 언제라도, 누구에게라도
즐거운 마음으로 무언가를 건네며 나 또한 잠시 어딘가로 건너갈
수 있겠지 싶다.

2023. 11. 16

14

질 자신

"자신이 없어요, 질 자신이."

이세돌의 '맘'으로 알려진 이 말을 달리기에 빗대어 누군가에게 했던 적이 있다. 1km를 5분대로 뛸 수 '없는' 강박과 다급함을 토로한 것이었지만 속도와 기록에 대한 즐거운 비명에 가까운 너스레이기도 했다. 장림에서 다대포를 거쳐 장림 포구를 돌아 장림 시장 둘레를 달리면 10km가 조금 넘었다. 일주일이나 10일에 한 번씩 달리며, '평생 달리면서 살아야겠다'라고 다짐을 했던 순간도 있었다. 한창 집중하고 있던 복싱을 더 잘하기 위해서, 링 위에서 지치지 않기 위해 시작한 달리기였지만 '먼 거리를 온힘을 다해 달려서 다다른다'라는 단순함과 명료함이 좋았다. 달리는 동안 거의 어김없이 한두 가지 생각을 떠올리거나 품게 되는 것 또한 좋았다. 달리는 내내 흐르는 전류가 있었고, 달리는 동안 켜지는 스위치가 있었다. 돌이켜 생각해 보면 '쫓기는 마음'을 감춰보거나 짐짓 모르는 척하고 싶어서 그리도 열심히 달렸던 것인지도 모르겠다. 달린 뒤 온몸에 힘이 다 빠져나가면 쌓여 있던 걱정거리를 잠시나마 잊게 되었고, 날카롭던 마음도 잠잠해졌다.

　재작년부터 무릎이 조금씩 아프기 시작해서 달리는 횟수와 거리를 줄일 수밖에 없었다. 당연히 달리는 속도도 늦췄지만 달리지 않을수록 무릎은 더 안 좋아졌다. 두어 달에 한 번 달리고 두서너 달 쉬기를 반복하다가 달리기와 헤어질 날이 머지않았다고 생각하기도 했다. 지난 3월 12일 달리기를 기억해 두고자 한다. 이날은 처음 7분대로 5km를 달린 날인데, 기록에 관한 생각을 내려놓고 봄기운을 만끽하며 나들이 나온 사람처럼 거닐며 달렸다. 조금도 숨이 차지 않았고, 다리 힘도 빠지지 않았으며, 달리는 내내 쾌적하고 즐거웠다. 이 좋은 걸 왜 그만둬! 무릎에 큰 문제가 생기고 나서야 즐겁게 달리는 방법을 찾게 된 것만 같다.

5월 첫째 날, 여느 때와 다름없이 장림에서 다대포로 가는 길을 달리며 '질 자신'에 대해 생각했다. 어떻게든 이겨야만 살아남을 수 있다고 귀에 대고 외치는 세상에서 지는 건 특별한 게 없는 일이지만 '질 자신'을 가진다는 건 다른 문제다. '질 자신'이 없기—현명하게 지는 걸 배우지 못했기—에 이기려고 기를 쓰다 상처를 주고 상처받는다. 모두가 상처를 입는다. '질 자신'이 있어야 만나고 배우고 이어갈 수 있다는 걸 달리며 되뇌었다. 그리고 조금 더 천천히 달려야겠다 생각하며 조금 더 달렸다.

2023.5.2

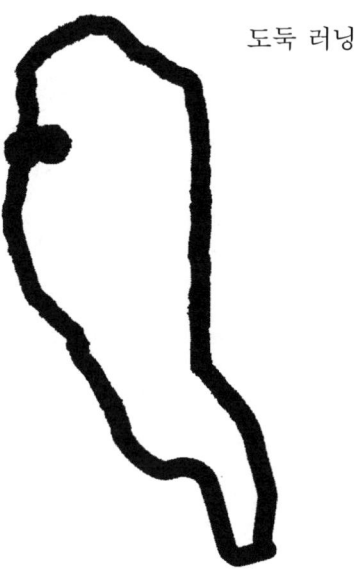

15

도둑 러닝

언제나 그렇듯 좋아하는 일을 하다 보면 '왜 이 일을 하는가?'
라는 물음에 사로잡힐 때가 있다. 가난한 프리랜서들의 공통
친구라고 할 수 있는 이 자기 심문에 가까운 질문은 자주 예고도
없이 초인종을 누르곤 한다. 한창 달리기에 빠져 있을 때 '왜
달리는가?'에 관해 자주 묻곤 했는데, 뾰족한 답을 구하진 못했다.
다만 이 메타화의 과정이 피로하지 않았고 다소 흥미진진한
모험처럼 생각되었다. 그 때문에 즐기는 마음으로 이 질문을
품고 지낼 수 있었는데, 볕도 좋고 바람도 좋은 10월의 어느 날,
벌판을 달리던 수만 년 전의 인류가 떠올랐다. 빠르진 않았지만
그 어떤 동물보다 오래 달릴 수 있던 인류의 뜀박질에 대해서
말이다. 수년 전 1일 1식을 하는 동안 허기를 넘어선 '텅 빈 상태'
가 잠자고 있던 몸 안의 세포들을 깨우는 듯한 착각에 가까운
느낌을 받았던 적이 있었는데, 한 시간 동안 쉬지 않고 달리다
보면—비록 기능성 러닝화를 신고 아스팔트를 뛰고 있다고
해도— 벌판을 달리던 인류의 시간과 잠시 연결되는 듯한 망상에
가까운 느낌을 받기도 하는 것이다. 너무 힘들어서이거나, 기분이
너무 좋아서? 하는 착각이겠지만, 좋아하는 일을 지속할 수 있는
강력한 동기가 바로 착각하는 힘이라는 것 또한 부정할 도리가
없다.

  그래서 지난주 달리기는 수만 년 전 인류를 집중적으로
생각해 볼 요량으로 나섰지만 새 러닝화가 주는 산뜻함에
취해버려 초반에 무리하는 바람에 내내 헐떡이며 겨우 달리는

걸 유지할 수 있었다. 5km도 달리지 못한 건 앞서가는 연인을
방해하고 싶지 않아서 어두운 도로 쪽으로 비켜서 달리는
와중에 예상치 못한 맨홀을 밟고 발목이 크게 꺾인 탓이다. 최소
발목 인대가 늘어났겠다 싶을 정도로 엄청난 '꺾임'이었지만 운이
좋았는지, 냉찜질을 열심히 해서인지 다행히 부상 정도가 그리
심하지는 않은 거 같다. 몸에 무리라는 걸 알아차릴 땐 이미
돌이킬 수 없는 상태여서 안간힘을 쓰게 되지만 뭐랄까, 이런 '
일시적인 부도 상태'를 통해서 달리기가 빠듯한 생활비를 쪼개서
한 달을 알뜰히 사는 것과 다르지 않다는 걸 알려주는 듯하다.
부상과 즐거움은 종이 한 장 차이다. 줄타기처럼 아찔함과
아슬아슬함을 딛고 나아가는 달리기는 뻔해 보이는 살림을
팽팽하게 당겨 긴장감 있게 만든다. 떨어져도 튀는 공처럼정현종.

2021.10.27

16

달리기 미루기

미루고 미루다가, 며칠을 벼르고 벼르다가 나왔다. 날이 많이
따뜻해져서 반바지를 입고 달렸다. 미루고 미룬 건 귀찮아서가
아니라 주치의라 여기는 한의원 선생님이 '땀을 흘리면 안 된다'
라는 처방을 어길 수 없어서인데, 이른바 8 체질이라고 하는
틀에 바탕으로 둔 처방이라 익숙한 서양 의학에서 말하는 몸과
건강으로 본다면 납득하기 어렵기에 누군가에게 말할 수도 없다.
러닝을 하면 아무래도 건강해지니 뛰고 나면 좋다는 게 '상식'
이지만 내 경우엔 달리고 나면 건강을 걱정해야 할 판이니 이
속앓이는 누구와도 공유할 수가 없다. 그래서 내 달리기는 담을
넘는 일탈적인 성격이 강하다. 요즘은 밤에 자고 아침에 일어나는
생활에 공을 들이고 있어서 대개 밤 10–11시쯤에 달렸던 것과
달리 저녁 7–8시엔 나설 준비를 해야 하니 한번 달리려면 일탈의
결심과 함께 종일 준비해야 한다. 분주하게 이것저것 챙기는
오전엔 하지 않아도 그만이고 해도 그만인 일을 하며 보내는데,
어쩌면 내 생활의 정수가 여기에 있지 않나 싶기도 하다.
허둥지둥 펼쳐보고 이것저것 떠오르는 대로 메모하는 오후를
지나다 보면 저녁엔 작은 성과라도 만들어내야 한다는 강박과
오늘도 그러지 못했다는 자책을 하게 되는데, 그런 상태에서
일탈까지 결심하는 건 참으로 쉽지가 않다.

　맘 편히, 마음껏 달릴 수 없지만 그래도 달린다. 달리면서
달리고 싶은 이유와 달리지 말아야 하는 이유가 팽팽하게 맞서는
상태가 꼭 이 경우에만 국한되는 건 아닐 거다. 써야 하는 이유와

쓸 수 없는 이유, 만나야 하는 이유와 만날 수 없는 이유, 기획을
해야 하는 이유와 할 수 없는 이유…. 누가 시킨 적 없고, 꼭 해야
하는 일이 아닌 경우가 태반인 것들이라 언제라도 자기변명이나
자기모멸이 될 수 있는 이 갈등 구조가 내 삶을 장악하고 있구나.
어쩌면 그것이 나를 살게 하는 힘인 건 아닐까. 그런 생각을
하며 달렸다. 팽팽하던 긴장 관계가 풀리면 애써 버텨온 시간이
무색할 만큼 폭주해 버리는 경우가 잦은데, 마치 그런 심정으로
조금 더 빨리 달려보았다. 아파트 입구에서 승강기를 기다리다
거울을 들여다보았는데, 검붉게 상기된 얼굴이 뭔가 큰 잘못을
저지른 사람 같기도 하고 어떻게 내게 이럴 수 있냐며 몸이 나를
향해 비명을 지르고 있는 것 같기도 해서 차마 더 들여다볼 수가
없다.

2021. 4. 20

17

낭송 러닝

2월 27일 저녁은 비를 맞으며 달렸다. 흩뿌리는 비어서 곧 그치겠거니 생각하며 달렸는데, 더 거세지진 않았지만 그치지도 않았다. 노면이 미끄러워 평소보다 더 긴장하고 달렸다. 여느 때와 다름없이 다대포 해수욕장을 돌아 복귀하는 길엔 잠시 노래를 부르기도 했다. 거리엔 오가는 이가 드물었고 불길한 느낌의 가랑비가 내리고 있었다. 이어폰으로 음악을 들으며 부를 수 있는 구절만 단말마처럼 외쳐대는 형색이었던 터라 고라니 울음소리처럼 들렸을지도 모르겠다. 그런 '괴성'은 지르면서도 곧장 중단하고 싶어진다. 낯설지만 익숙한 목소리이기 때문이다. 익숙하지만 낯선 목소리와 함께 뛸 수 있다면, 시를 낭송하며 뛴다면? 외우는 시가 없어 곧장 시도하진 못했지만, 돌아오는 길 위에서 내내 상상하며 달렸다. 그러던 가운데 권여선의 소설 「봄밤」의 한 장면을 떠올려보기도 했다.

영경은 컵라면과 소주 한 병을 비우고 과자 한 봉지와 페트 소주와 생수를 사가지고 편의점을 나왔다. 눈을 뜨지 않은 땅속의 벌레같이! 영경은 큰 소리로 외치며 걸었다. 아둔하고 가난한 마음은 서둘지 말라! 애타도록 마음에 서둘지 말라! 영경은 작은 모텔 입구에 멈춰 섰다. 절제여! 나의 귀여운 아들이여! 오오 나의 영감이여! 갑자기 수환이 보고 싶었다. 오후에 면회를 온 영선과 영미 생각도 났다. 그 아이가 살아 있다면, 하고 생각하다 영경은 고개를 흔들었다. 촛불 모양의

흰 봉오리를 매단 목련나무 아래에서 그녀는 소리 내어 울었다.

— 권여선, 「봄밤」, 『안녕 주정뱅이』, 창비, 2016, 33쪽.

'영경'이 위중한 '수환'을 병실에 남겨두고 본격적으로
술을 마시기 위해 여관 계단을 오르며 외던 김수영의 봄밤
은 아무것도 가진 게 없는 이가 존엄을 지키고자 외치는
진군가이면서 더 이상 무언가를 지킬 힘이 남지 않은 이가
부르는 구슬픈 레퀴엠이었을 테다. 알코올 중독자여서만이
아니라 맨정신으론 수환을 떠나보내지 못할 게 분명했으니,
다시 취해야 했을 것이다. 요양병원으로 돌아갔을 때 수환은
병실에 없을지도 모른다. 그러니 영경의 술은 이전 기억까지 잊을
정도로 독주여야 한다. 큰 소리로 또박또박 「봄밤」의 구절을
외며 모텔 계단을 오르던 영경의 카랑카랑한 목소리를 생각했다.
그 목소리는 중독자의 자조나 변명처럼 보이지만 권여선 소설의
중독자들은 끝내 포기할 수 없는 단 하나를 지켜내기 위해 '
중독'을 선택했다는 점을 기억할 필요가 있다. 중증 알코올
중독과 간경화, 심각한 영양실조를 앓고 있는 영경과 회복이
불가능한 류머티즘 환자 수환은 요양병원에선 '알류커플'이라
불렸지만 나는 이 둘을 '서로의 의사를 최우선으로 존중했던
사람들'로 기억한다. 무언가를 끝내 지켜낸다는 건 "화약처럼
아슬아슬"(권여선, 22쪽)한 일일 수밖에 없다. 달리며 상상한 시
낭송이라는 낯선 목소리 리스트에 봄밤 의 영경이 생각난 건

자연스러운 일인지도 모르겠다. 오늘처럼 비 오는 날 도로 위를 달리며 읊는 시는 아슬아슬하고 위태로운 것이어야 하지 않을까. 아슬아슬하고 위태롭지만 '근사한' 낭송 러닝을 상상하며 빗속을 달렸다.

2020. 2. 27

달리면서 하는 기도

다대포 해변엔 어린아이들과 어린 부모들로 가득했다. 아이가 없는 이들은 개와 함께 나와 있었다. 아이들보다 개들이 더 활달했고 그건 부모나 주인들도 마찬가지였다. 잠깐 고양이를 키우는 사람들의 산책에 관해 생각해 보았다. 무언가를 키우고 기른다는 건 한 '개체'와 우연한 관계를 이어가는 것만이 아니라 '종'種에 관여하고 있는 것이지 않은가. 일요일 늦은 오후, 해변가로 몰려나온 사람들 모두가 오늘만큼은 검게 그을려도 좋다는 관대한 표정이었다. '종'에 관여하고 있는 이들의 자부심과 여유로 해변이 출렁였다. 그 틈바구니에서 잠시 멀미가 날 거 같아 빙글빙글 돌면서 해변을 빠져나와 도로를 향해 뛰었다.

한 모금의 물도 마시지 않고 내내 뛰었다. 언제나 5분 동안은 더 이상 달릴 수 없을 거 같은 느낌에 휩싸인다. 방귀를 뀌는 심정으로 더 달리다 보면 두 발이 바퀴로 변해 저절로 달리는 듯한 순간이 잠시 찾아오기도 한다. 오늘 달리기에선 3km를 지나면서 그 순간이 왔다. 발목이 어느 때보다 노릇노릇해서 가볍게 달렸다. 한 번에 10km를 달리니 몸에 약간 무리가 가서 집으로 돌아갈 땐 걸을 참이었는데, 점점 차가워지는 바람과 달리 여전히 몸이 가벼워 스텝을 밟으며 뛰었다. 낙엽을 기준 삼아, 쓰레기를 기준 삼아, 자전거 전동 도로를 기준 삼아, 의미 없이 흩어져 있는 문양을 기준 삼아 스텝을 밟으며 뛰었다. 매 순간 달라지는 기준선에 집중하면 그런 나를 아무도 관심 가지지 않는다는 걸 알게 된다. 뛰다가 발목이 아프면 다시 뛰었다. 전력

질주도 해보고 빙글빙글 돌면서 뛰기도 했다. 10km 조금 넘게
달렸다. 지도 앱을 검색해 보니 내가 사는 집에서 어머니가 입원해
있는 병원은 11km 정도 떨어져 있었다.

2019. 10. 13

나가는 글

달리다

: 닿다―닮다―닫다―다(다)르다―달다

느닷없이 부는 것처럼 보이는 달리기 바람은 성실함, 꾸준함을
바탕으로 끊임없이 나를 넘고 자기 갱신, 나를 다그치는 자기 계발
신자유주의 구조와 이어져 있다. 날씬한 몸매에 부지런한 일상과
매사 당당한 태도, 곧은 몸과 바른 자세에 대한 은근한 자부심은
달리기가 스스로를 돋보이게 하는, 이른바 '매력 자본'을 갖추는
데 이바지한다는 점 또한 알아차리게 한다. 더불어 '피트니스
열풍'처럼 홀로 하는 게 아니라 여럿이 어울려 달리는 까닭 또한
생각해 볼만 하다. 잘 달리기 위한 방법을 익히거나 달려야 하는
까닭에 힘을 실어준다는 목적도 있겠고, 다른 이와 연결되고
싶다는 바람도 담겨 있을 테다.

　　새삼 '달리다'라는 낱말을 들여다본다. 이 낱말은 어디에서
와서 어디로 가고 있을까. 여기서부터 저기까지 달리는 일은
어딘가에 닿고자 하는 애씀일 텐데, 그러자면 몸과 마음을
흩어지지 않게 한곳으로 모아야 한다. 어딘가에 닿기 위해선
여기저기로 뻗어나갈 수 있는 길목을 닫아야 하지 싶다. 닫으면
갇히기 마련인데 달리기만큼은 다르다 싶다. 다른 곳으로

나아가기 위해 닫기 때문이다. 달리기는 몸이 하는 일처럼 보이지만 마음과 이어진다. 달리기는 몸과 마음이 닿아 서로 닮는 일이지 싶다. 어디를 달리느냐에 따라 닿고자 하는 곳과 닮고자 하는 게 달라지기도 하겠구나라는 생각에 이르니 달리기는 무언가를 바라는 마음, 그러니까 꿈꾸는 일과도 이어진다 여긴다. 느끼는 것과 생각하는 것과 바라는 것을 길 위에서 몸으로 펼치는 일이 달리기가 아닐까 싶다. 그래서 달리기는 살림을 꾸리는 일과 맞닿는다. 이 책에서 달리기를 '러닝'이 아닌 '달리기 살림'이라 부르는 까닭은 여기에 있다.

　달리기를 흐르게 하는 힘은 아마도 'ㄹ'에 있지 싶은데, 다른 낱말을 떠올려보더라도 'ㄹ'엔 흐름이 있다. 물결처럼 몸과 마음을 맡겨두면 서로 어깨동무하고 어울려 저 스스로 나아간다. '길'이 달리기를 거들고 '마을'이 달리기를 품는다. 달리고 나면 뿌듯하고 개운한 까닭이 여기에 있다고 할 수 있는데, 한껏 어울렸기 때문이다. 마음껏 누렸기 때문이다. 그래서 '달리다'는 '달다' 와 이어진다. 우리는 서로 다르기에 닿고자 한다. 달리기는 그

애씀을 오랫동안 지켜온 사람살이살림이기도 하다. 그러니 모든 달리기는 '이어달리기'겠구나 싶다. 여기서 저기까지 몸과 마음을 이끌고 나아가려는 건 잇기어울리기 위해서이다. 어쩌면 거기에 누군가가, 무언가가 우리를 기다리고 있을지도 모른다. 마을을 달리다 보면 풀꽃나무와 이웃과 바람과 볕과 새와 벌레를 만난다. 다 다르기에 만날 수 있고 또 잠시 이을 수 있다. 달리는 동안 몸과 마음을 실과 바늘이 되어 이곳저곳을 누비며 잇는다. 이어달리기를 즐겁게 누리다 보면 몸과 마음이 달아오른다. 벌이 여기저기를 오가며 꽃과 꽃을 잇는 동안 맺히는 꿀처럼 이곳과 저곳을 누비며 잇는 달리기가 참으로 단 까닭이 여기에 있다고 생각한다.

맨손문고 1
코로만 숨쉬기

첫판 1쇄 펴냄 2025년 12월 24일

지은이 김대성
디자인 스튜디오숲, 이지영
기획·편집 김대성

ISBN 979-11-978685-6-6 03810
책값 11,000원

펴낸이 김대성
펴낸곳 곳간
출판등록: 2021년 10월 25일 (제2021-000015호)
주소: 부산시 중구 동광길 42 6층 601호
Email: goatganbooks@gmail.com
Fax: 0504-333-1624
인스타그램: goatganbooks
페이스북: goatganbooks
블로그 : https://blog.naver.com/goatganbooks